G

POÉSIES

OUVRAGE DU MÊME AUTEUR

A LA LIBRAIRIE HACHETTE

CONTES ET POÉSIES

L. ACKERMANN

POÉSIES

PREMIÈRES POÉSIES — POÉSIES PHILOSOPHIQUES

PARIS

ALPHONSE LEMERRE, ÉDITEUR

27-29, PASSAGE CHOISEUL, 27-29

M DCCC LXXIV

PREMIÈRES POÉSIES

ADIEUX A LA POESIE

Mes pleurs sont à moi, nul au monde
Ne les a comptés ni reçus ;
Pas un œil étranger qui sonde
Les désespoirs que j'ai conçus.

L'être qui souffre est un mystère
Parmi ses frères ici-bas ;
Il faut qu'il aille solitaire
S'asseoir aux portes du trépas.

J'irai seule et brisant ma lyre,
Souffrant mes maux sans les chanter;
Car je sentirais à les dire
Plus de douleur qu'à les porter.

Paris, 1835.

LE DÉPART

Il est donc vrai? Je garde en quittant la patrie,
O profonde douleur! un cœur indifférent.
Pas de regard aimé, pas d'image chérie,
Dont mon œil au départ se détache en pleurant.

Ainsi partent tous ceux que le désespoir sombre
Dans quelque monde à part pousse à se renfermer,
Qui, voyant l'homme faible et les jours remplis d'ombre,
Ne se sont pas senti le courage d'aimer.

Pourtant, Dieu m'est témoin, j'aurais voulu sur terre
Rassembler tout mon cœur autour d'un grand amour,
Joindre à quelque destin mon destin solitaire,
Me donner sans regret, sans crainte, sans retour.

Aussi ne croyez pas qu'avec indifférence
Je contemple s'éteindre, au plus beau de mes jours,
Des bonheurs d'ici-bas la riante espérance :
Bien que le cœur soit mort, on en souffre toujours.

Paris, 13 septembre 1838.

A UNE ARTISTE

Puisque les plus heureux ont des douleurs sans nombre,
Puisque le sol est froid, puisque les cieux sont lourds,
Puisque l'homme ici-bas promène son cœur sombre
Parmi les vains regrets et les courtes amours,

Que faire de la vie? O notre âme immortelle!
Où jeter tes désirs et tes élans secrets?
Tu voudrais posséder, mais ici tout chancelle,
Tu veux aimer toujours, mais la tombe est si près!

Le meilleur est encore en quelque étude austère
De s'enfermer ainsi qu'en un monde enchanté,
Et dans l'art bien-aimé de contempler sur terre,
Sous un de ses aspects, l'éternelle beauté.

Artiste au front serein, vous l'avez su comprendre,
Vous qu'entre tous les arts le plus doux captiva,
Qui l'entourez de foi, de culte, d'amour tendre,
Lorsque la foi, le culte et l'amour, tout s'en va.

Ah! tandis que pour nous qui tombons de faiblesse,
Et manquons de flambeau dans l'ombre de nos jours,
Chaque pas a sa ronce où notre pied se blesse,
Dans votre frais sentier marchez, marchez toujours.

Marchez pour que le ciel vous aime et vous sourie,
Pour y songer vous-même avec un saint plaisir,
Et tromper, le cœur plein de votre idolâtrie,
L'éternelle douleur et l'immense désir.

Paris, 1840.

IN MEMORIAM

J'aime à changer de cieux, de climat, de lumière.

Oiseau d'une saison, je fuis avec l'été,

Et mon vol inconstant va du rivage austère

      Au rivage enchanté.

Mais qu'à jamais le vent bien loin du bord m'emporte

Où j'ai, dans d'autres temps, suivi des pas chéris,

Et qu'aujourd'hui déjà ma félicité morte

      Jonche de ses débris !

Combien ce lieu m'a plu! non pas que j'eusse encore
Vu le ciel y briller sous un soleil pâli ;
L'amour qui dans mon âme enfin venait d'éclore
    L'avait seul embelli.

Hélas! avec l'amour ont disparu ses charmes ;
Et sous ces grands sapins, au bord des lacs brumeux,
Je verrais se lever comme un fantôme en larmes
    L'ombre des jours heureux.

Oui, pour moi tout est plein sur cette froide plage
De la présence chère et du regard aimé,
Plein de la voix connue et de la douce image
    Dont j'eus le cœur charmé.

Comment pourrais-je encor, désolée et pieuse,
Par les mêmes sentiers traîner ce cœur meurtri,
Seule où nous étions deux, triste où j'étais joyeuse,
    Pleurante où j'ai souri?

*

Painswick. Glocestershire, août 1850.

II

Ciel pur dont la douceur et l'éclat sont les charmes,
Monts blanchis, golfe calme aux contours gracieux,
Votre splendeur m'attriste, et souvent à mes yeux
Votre divin sourire a fait monter les larmes.
Du compagnon chéri que m'a pris le tombeau
Le souvenir lointain me suit sur ce rivage.
Souvent je me reproche, ô soleil sans nuage!
Lorsqu'il ne te voit plus, de t'y trouver si beau.

Nice, mai 1851.

III

Au pied des monts voici ma colline abritée,
Mes figuiers, ma maison,
Le vallon toujours vert et la mer argentée
Qui m'ouvre l'horizon.

Pour la première fois sur cette heureuse plage,
Le cœur tout éperdu,
Quand j'abordai, c'était après un grand naufrage,
Où j'avais tout perdu.

Déjà, depuis ce temps de deuil et de détresse,

     J'ai vu.bien des saisons

Courir sur ces coteaux que la brise caresse,

     Et parer leurs buissons.

Si rien n'a refleuri, ni le présent sans charmes,

     Ni l'avenir brisé,

Du moins mon pauvre cœur, fatigué de mes larmes,

     Mon cœur s'est apaisé;

Et je puis, sous ce ciel que l'oranger parfume

     Et qui sourit toujours,

Rêver aux temps aimés, et voir sans amertume

     Naître et mourir les jours.

Nice, mai 1852.

LE FANTOME

D'un souffle printanier l'air tout à coup s'embaume.
Dans notre obscur lointain un spectre s'est dressé,
Et nous reconnaissons notre propre fantôme
Dans cette ombre qui sort des brumes du passé.

Nous le suivons de loin, entraînés par un charme,
A travers les débris, à travers les détours,
Retrouvant un sourire et souvent une larme
Sur ce chemin semé de rêves et d'amours.

Par quels champs oubliés et déjà voilés d'ombre
Cette poursuite vaine un moment nous conduit!
Vers plus d'un mont désert, dans plus d'un vallon sombre,
Le fantôme léger nous égare après lui.

Les souvenirs dormants de la jeunesse éteinte
S'éveillent sous ses pas d'un sommeil calme et doux;
Ils murmurent ensemble ou leur chant ou leur plainte,
Dont les échos mourants arrivent jusqu'à nous.

Et ces accents connus nous émeuvent encore.
Mais à nos yeux bientôt la vision décroît;
Comme l'ombre d'Hamlet qui fuit et s'évapore,
Le spectre disparaît en criant : Souviens-toi!

LA LYRE D'ORPHÉE

Quand Orphée autrefois, frappé par les Bacchantes,
Près de l'Hèbre tomba, sur les vagues sanglantes
On vit longtemps encor sa lyre surnager.
Le fleuve au loin chantait sous le fardeau léger.
Le gai zéphir s'émut; ses ailes amoureuses
Baisaient les cordes d'or, et les vagues heureuses,
Comme pour l'arrêter, d'un effort doux et vain,
S'empressaient à l'entour de l'instrument divin.
Les récifs, les îlots, le sable à son passage
S'est revêtu de fleurs, et cet âpre rivage

Voit soudain, pour toujours délivré des autans,
Au toucher de la lyre accourir le Printemps.

Ah! que nous sommes loin de ces temps de merveilles!
Les ondes, les rochers, les vents n'ont plus d'oreilles,
Les cœurs mêmes, les cœurs refusent de s'ouvrir,
Et la lyre en passant ne fait plus rien fleurir.

A ALFRED DE MUSSET

Un poëte est parti ; sur sa tombe fermée
Pas un chant, pas un mot dans cette langue aimée
Dont la douceur divine ici-bas l'enivrait.
Seul, un pauvre arbre triste, à la pâle verdure,
Le saule qu'il rêvait, au vent du soir, murmure
Sur son ombre éplorée un tendre et long regret.

Ce n'est pas de l'oubli; nous répétons encore,
Poëte de l'amour, ces chants que fit éclore
Dans ton âme éperdue un éternel tourment,
Et le Temps sans pitié qui brise de son aile
Bien des lauriers, le Temps d'une grâce nouvelle
Couronne en s'éloignant ton souvenir charmant.

Tu fus l'enfant choyé du siècle. Tes caprices
Nous trouvaient indulgents. Nous étions les complices
De tes jeunes écarts; tu pouvais tout oser.
De la Muse pour toi nous savions les tendresses,
Et nos regards charmés ont compté ses caresses,
De son premier sourire à son dernier baiser.

Parmi nous maint poëte à la bouche inspirée
Avait déjà rouvert une source sacrée;
Oui, d'autres nous avaient de leurs chants abreuvés.
Mais le cri qui saisit le cœur et le remue,
Mais ces accents profonds qui d'une lèvre émue
Vont à l'âme de tous, toi seul les as trouvés.

Au concert de nos pleurs ta voix s'était mêlée.
Entre nous, fils souffrants d'une époque troublée,
Le doute et la douleur formaient comme un lien.
Ta lyre en nous touchant nous était douce et chère ;
Dans le chantre divin nous sentions tous un frère ;
C'est le sang de nos cœurs qui courait dans le tien.

De quelles profondeurs d'une âme ivre et blessée
Sortait-il cet aveu de ta fièvre insensée ?
Tandis que vers le ciel qui se voile et se clôt
De la foule montait une rumeur confuse,
Fier et beau, tu jetais, jeune amant de la Muse,
A travers tous ces bruits ton immortel sanglot.

Lorsque le rossignol, dans la saison brûlante
De l'amour et des fleurs, sur la branche tremblante
Se pose pour chanter son mal cher et secret,
Rien n'arrête l'essor de sa plainte infinie,
Et de son gosier frêle un long jet d'harmonie
S'élance et se répand au sein de la forêt.

La voix mélodieuse enchante au loin l'espace...
Mais soudain tout se tait; le voyageur qui passe
Sous la feuille des bois sent un frisson courir.
De l'oiseau qu'entraînait une ivresse imprudente
L'âme s'est envolée avec la note ardente;
Hélas! chanter ainsi c'était vouloir mourir!

DEUX VERS D'ALCÉE

Ἰόπλοχ᾽ ἄγνα μειλιχόμειδε Σάπφοι,
Θέλω τι Fείπην, ἀλλά με κωλύει αἴδως
(ALCÉE, éd. Bergk.)

Quel était ton désir et ta crainte secrète?
Quoi! le vœu de ton cœur, ta Muse trop discrète
      Rougit-elle de l'exprimer?
Alcée, on reconnaît l'amour à ce langage.
Sapho feint vainement que ton discours l'outrage,
      Sapho sait que tu vas l'aimer.

Tu l'entendais chanter, tu la voyais sourire,

La fille de Lesbos, Sapho qui sur sa lyre

      Répandit sa grâce et ses feux.

Sa voix te trouble, Alcée, et son regard t'enflamme;

Tandis que ses accents pénétraient dans ton âme,

      Sa beauté ravissait tes yeux.

Que devint ton amour? L'heure qui le vit naître

L'a-t-elle vu mourir? Vénus ailleurs peut-être

      Emporta tes vœux fugitifs.

Mais le parfum du cœur jamais ne s'évapore;

Même après deux mille ans je le respire encore

      Dans deux vers émus et craintifs.

LA ROSE

A Madame M...

. . . .

. . . .

Quand la rose s'entr'ouvre, heureuse d'être belle,

De son premier regard elle enchante autour d'elle

Et le bosquet natal et les airs et le jour.

Dès l'aube elle sourit. La brise avec amour

Sur le buisson la berce, et sa jeune aile errante
Se charge en la touchant d'une odeur enivrante;
Confiante, la fleur livre à tous son trésor.
Pour la mieux respirer en passant on s'incline;
Nous sommes déjà loin, mais la senteur divine
Se répand sur nos pas et nous parfume encor.

LA LAMPE D'HÉRO

De son bonheur furtif lorsque, malgré l'orage,
L'amant d'Héro courait s'enivrer loin du jour,
Et dans la nuit tentait de gagner à la nage
    Le bord où l'attendait l'Amour,

Une lampe envoyait, vigilante et fidèle,
En ce péril vers lui son rayon vacillant;
On eût dit dans les cieux quelque étoile immortelle
    Qui dévoilait son front tremblant.

La mer a beau mugir et heurter ses rivages,
Les vents au sein des airs déchaîner leur effort,
Les oiseaux effrayés pousser des cris sauvages
    En voyant approcher la Mort,

Tant que du haut sommet de la tour solitaire
Brille le signe aimé sur l'abîme en fureur,
Il ne sentira point, le nageur téméraire,
    Défaillir son bras ni son cœur.

Comme à l'heure sinistre où la mer en sa rage
Menaçait d'engloutir cet enfant d'Abydos,
Autour de nous dans l'ombre un éternel orage
    Fait gronder et bondir les flots.

Remplissant l'air au loin de ses clameurs funèbres,
Chaque vague en passant nous entr'ouvre un tombeau;
Dans les mêmes dangers et les mêmes ténèbres
    Nous avons le même flambeau.

Le pâle et doux rayon tremble encor dans la brume.
Le vent l'assaille en vain, vainement les flots sourds
La dérobent parfois sous un voile d'écume,
    La clarté reparaît toujours.

Et nous, les yeux levés vers la lueur lointaine,
Nous fendons, pleins d'espoir, les vagues en courroux;
Au bord du gouffre ouvert la lumière incertaine
    Semble d'en haut veiller sur nous.

O phare de l'Amour! qui, dans la nuit profonde,
Nous guides à travers les écueils d'ici-bas,
Toi que nous voyons luire entre le ciel et l'onde,
    Lampe d'Héro, ne t'éteins pas!

L'HYMÉNÉE ET L'AMOUR

Sur le seuil des enfers Eurydice éplorée
S'évaporait légère, et cette ombre adorée
A son époux en vain dans un suprême effort
Avait tendu les bras. Vers la nuit éternelle,
Par delà les flots noirs, le Destin la rappelle ;
Déjà la barque triste a gagné l'autre bord.

Tout entier aux regrets de sa perte fatale,

Orphée erra longtemps sur la rive infernale.

Sa voix du nom chéri remplit ces lieux déserts.

Il repoussait du chant la douceur et les charmes;

Mais, sans qu'il la touchât, sa lyre sous ses larmes

Rendait un son plaintif qui mourait dans les airs.

Enfin, las d'y gémir, il quitta ce rivage

Témoin de son malheur. Dans la Thrace sauvage

Il s'arrête, et là, seul, secouant la torpeur

Où le désespoir sombre endormait son génie,

Il laissa s'épancher sa tristesse infinie

En de navrants accords arrachés à son cœur.

Ce fut le premier chant de la douleur humaine

Que ce cri d'un époux et que sa plainte vaine;

La parole et la lyre étaient des dons récents.

Alors la poésie émue et colorée

Voltigeait sans effort sur la lèvre inspirée

Dans la grâce et l'ampleur de ses jeunes accents.

Des sons harmonieux telle fut la puissance
Qu'elle adoucit bientôt cette amère souffrance;
Un sanglot moins profond sort de ce sein brisé.
La Muse d'un sourire a calmé le poëte;
Il sent, tandis qu'il chante, une vertu secrète
Descendre lentement dans son cœur apaisé.

Et tout à coup sa voix qu'attendrissent encore
Les larmes qu'il versa, prend un accent sonore.
Son chant devient plus pur; grave et mélodieux,
Il célèbre à la fois dans son élan lyrique
L'Hyménée et l'Amour, ce beau couple pudique,
Qui marche heureux et fier sous le regard des Dieux.

Il les peint dans leur force et dans la confiance
De leurs vœux éternels. Sur le Temps qui s'avance
Ils ont leurs yeux fixés que nul pleur n'a ternis.
Leur présence autour d'eux répand un charme austère;
Mais ces enfants du ciel descendus sur la terre
Ne sont vraiment divins que quand ils sont unis.

Oui, si quelque erreur triste un moment les sépare,
Dans leurs sentiers divers bientôt chacun s'égare.
Leur pied mal affermi trébuche à tout moment.
La Pudeur se détourne et les Grâces décentes,
Qui les suivaient, formant des danses innocentes,
Ont à l'instant senti rougir leur front charmant.

Eux seuls en l'enchantant font à l'homme éphémère
Oublier ses destins. Leur main douce et légère
Le soutient dans la vie et le guide au tombeau.
Si les temps sont mauvais et si l'horizon semble
S'assombrir devant eux, ils l'éclairent ensemble,
Appuyés l'un sur l'autre et n'ayant qu'un flambeau.

Pour mieux entendre Orphée, au sein de la nature
Tout se taisait; les vents arrêtaient leur murmure.
Même les habitants de l'Olympe éthéré
Oubliaient le nectar; devant leur coupe vide
Ils écoutaient charmés, et d'une oreille avide,
Monter vers eux la voix du mortel inspiré.

Ces deux divinités que chantait l'hymne antique
N'ont rien perdu pour nous de leur beauté pudique;
Leur front est toujours jeune et serein. Dans leurs yeux
L'immortelle douceur de leur âme respire.
Calme et pur, le bonheur fleurit sous leur sourire;
Un parfum sur leurs pas trahit encor les Dieux.

Bien des siècles ont fui depuis l'heure lointaine
Où la Thrace entendit ce chant; sur l'âme humaine
Plus d'un souffle a passé; mais l'homme sent toujours
Battre le même cœur au fond de sa poitrine.
Gardons-nous d'y flétrir la fleur chaste et divine
De l'amour dans l'hymen éclose aux anciens jours.

L'âge est triste; il pressent quelque prochaine crise.
Déjà plus d'un lien se relâche ou se brise.
On se trouble, on attend. Vers un but ignoré
Lorsque l'orage est là qui bientôt nous emporte,
Ah! pressons, s'il se peut, d'une étreinte plus forte
Un cœur contre le nôtre, et dans un nœud sacré.

Nice, 1860.

ENDYMION

A Daniel Stern.

Endymion s'endort sur le mont solitaire,
Lui que Phœbé la nuit visite avec mystère,
Qu'elle adore en secret, un enfant, un pasteur.
Il est timide et fier, il est discret comme elle;
Un charme grave au choix d'une amante immortelle
      A désigné son front rêveur.

C'est lui qu'elle cherchait sur la vaste bruyère

Quand, sortant du nuage où tremblait sa lumière,

Elle jetait au loin un regard calme et pur,

Quand elle abandonnait jusqu'à son dernier voile,

Tandis qu'à ses côtés une pensive étoile

      Scintillait dans l'éther obscur.

O Phœbé! le vallon, les bois et la colline

Dorment enveloppés dans ta pâleur divine;

A peine au pied des monts flotte un léger brouillard.

Si l'air a des soupirs, ils ne sont point sensibles;

Le lac dans le lointain berce ses eaux paisibles

      Qui s'argentent sous ton regard.

Non, ton amour n'a pas cette ardeur qui consume.

Si quelquefois, le soir, quand ton flambeau s'allume,

Ton amant te contemple avant de s'endormir,

Nul éclat qui l'aveugle, aucun feu qui l'embrase;

Rien ne trouble sa paix ni son heureuse extase;

      Tu l'éclaires sans l'éblouir.

Tu n'as pour le baiser que ton rayon timide,

Qui vers lui mollement glisse dans l'air humide,

Et sur sa lèvre pâle expire sans témoin.

Jamais le beau pasteur, objet de ta tendresse,

Ne te rendra, Phœbé, ta furtive caresse,

    Qu'il reçoit, mais qu'il ne sent point.

Il va dormir ainsi sous la voûte étoilée

Jusqu'à l'heure où la nuit, frissonnante et voilée,

Disparaîtra des cieux t'entraînant sur ses pas.

Peut-être à son réveil te verra-t-il encore

Qui, t'effaçant devant les rougeurs de l'aurore,

    Dans ta fuite lui souriras.

HÉBÉ

Les yeux baissés, rougissante et candide,
Vers leur banquet quand Hébé s'avançait,
Les Dieux charmés tendaient leur coupe vide,
Et de nectar l'enfant la remplissait.
Nous tous aussi, quand passe la Jeunesse,
Nous lui tendons notre coupe à l'envi.

Quel est le vin qu'y verse la déesse?

Nous l'ignorons; il enivre et ravit.

Ayant souri dans sa grâce immortelle,

Hébé s'éloigne; on la rappelle en vain.

Longtemps encor sur la route éternelle,

Notre œil en pleurs suit l'échanson divin.

L'ABEILLE

Quand l'abeille, au printemps, confiante et charmée,
Sort de la ruche et prend son vol au sein des airs,
Tout l'invite et lui rit sur sa route embaumée.
L'églantier berce au vent ses boutons entr'ouverts;
La clochette des prés incline avec tendresse
Sous le regard du jour son front pâle et léger.
L'abeille cède émue au désir qui la presse ;
Elle aperçoit un lis et descend s'y plonger.
Une fleur est pour elle une mer de délices.
Dans son enchantement, du fond de cent calices

Elle sort trébuchant sous une poudre d'or.

Son fardeau l'alourdit, mais elle vole encor.

Une rose est là-bas qui s'ouvre et la convie;

Sur ce sein parfumé tandis qu'elle s'oublie,

Le soleil s'est voilé. Poussé par l'aquilon,

Un orage prochain menace le vallon.

Le tonnerre a grondé. Mais dans sa quête ardente

L'abeille n'entend rien, ne voit rien, l'imprudente!

Sur les buissons en fleur l'eau fond de toute part;

Pour regagner la ruche il est déjà trop tard.

La rose si fragile, et que l'ouragan brise,

Referme pour toujours son calice odorant;

La rose est une tombe, et l'abeille surprise

Dans un dernier parfum s'enivre en expirant.

Qui dira les destins dont sa mort est l'image?

Ah! combien parmi nous d'artistes inconnus,

Partis dans leur espoir par un jour sans nuage,

Des champs qu'ils parcouraient ne sont pas revenus!

Une ivresse sacrée aveuglait leur courage;

Au gré de leurs désirs, sans craindre les autans,

Ils butinaient au loin sur la foi du printemps.

Quel retour glorieux l'avenir leur apprête!

A ces mille trésors épars sur leur chemin

L'amour divin de l'art les guide et les arrête :

Tout est fleur aujourd'hui, tout sera miel demain.

Ils revenaient déjà vers la ruche immortelle;

Un vent du ciel soufflait, prêt à les soulever.

Au milieu des parfums la Mort brise leur aile;

Chargés comme l'abeille, ils périssent comme elle

Sur le butin doré qu'ils n'ont pas pu sauver.

UN AUTRE CŒUR

Serait-ce un autre cœur que la Nature donne
A ceux qu'elle préfère et destine à vieillir,
Un cœur calme et glacé que toute ivresse étonne,
Qui ne saurait aimer et ne veut pas souffrir?

Ah! qu'il ressemble peu, dans son repos tranquille,
A ce cœur d'autrefois qui s'agitait si fort!
Cœur enivré d'amour, impatient, mobile,
Au-devant des douleurs courant avec transport.

Il ne reste plus rien de cet ancien nous-mêmes;

Sans pitié ni remords le Temps nous l'a soustrait.

L'astre des jours éteints, cachant ses rayons blêmes,

Dans l'ombre qui l'attend se plonge et disparaît.

A l'horizon changeant montent d'autres étoiles.

Cependant, cher Passé, quelquefois un instant

La main du Souvenir écarte tes longs voiles,

Et nous pleurons encore en te reconnaissant.

LA COUPE DU ROI DE THULÉ

Die Augen thäten ihm sinken,
Trank nie einen Tropfen mehr.
(Gœthe.)

Au vieux roi de Thulé sa maîtresse fidèle

Avait fait en mourant don d'une coupe d'or,

Unique souvenir qu'elle lui laissait d'elle,

    Cher et dernier trésor.

Dans ce vase, présent d'une main adorée,

Le pauvre amant dès lors but à chaque festin.

La liqueur en passant par la coupe sacrée

    Prenait un goût divin.

Et quand il y portait une lèvre attendrie,
Débordant de son cœur et voilant son regard,
Une larme humectait la paupière flétrie
    Du noble et doux vieillard.

Il donna tous ses biens, sentant sa fin prochaine,
Hormis toi, gage aimé de ses amours éteints ;
Mais il n'attendit point que la Mort inhumaine
    T'arrachât de ses mains.

Comme pour emporter une dernière ivresse,
Il te vida d'un trait, étouffant ses sanglots,
Puis, de son bras tremblant surmontant la faiblesse,
    Te lança dans les flots.

D'un regard déjà trouble il te vit sous les ondes
T'enfoncer lentement pour ne plus remonter :
C'était tout le passé que dans les eaux profondes
    Il venait de jeter.

Et son cœur, abîmé dans ses regrets suprêmes,
Subit sans la sentir l'atteinte du trépas.
En sa douleur ses yeux qui s'étaient clos d'eux-mêmes
    Ne se rouvrirent pas.

Coupe des souvenirs, qu'une liqueur brûlante
Sous notre lèvre avide emplissait jusqu'au bord,
Qu'en nos derniers banquets d'une main défaillante
    Nous soulevons encor,

Vase qui conservais la saveur immortelle
De tout ce qui nous fit rêver, souffrir, aimer,
L'œil qui t'a vu plonger sous la vague éternelle
    N'a plus qu'à se fermer.

Nice, 1860.

POÉSIES PHILOSOPHIQUES

MON LIVRE

Je ne vous offre plus pour toutes mélodies
Que des cris de révolte et des rimes hardies.
Oui, mais en m'écoutant si vous alliez pâlir?
Si, surpris des éclats de ma verve imprudente,
Vous maudissiez la voix énergique et stridente
      Qui vous aura fait tressaillir?

Pourtant, quand je m'élève à des notes pareilles,
Je ne prétends blesser les cœurs ni les oreilles.
Même les plus craintifs n'ont point à s'alarmer;
L'accent désespéré sans doute ici domine,
Mais je n'ai pas tiré ces sons de ma poitrine
      Pour le plaisir de blasphémer.

Comment? la Liberté déchaîne ses colères;
Partout contre l'effort des erreurs séculaires
La Vérité combat pour s'ouvrir un chemin;
Et je ne prendrais pas parti dans ce grand drame?
Quoi! ce cœur qui bat là, pour être un cœur de femme,
      En est-il moins un cœur humain?

Est-ce ma faute à moi si, dans ces jours de fièvre,
D'ardentes questions se pressent sur ma lèvre?
Si votre Dieu surtout m'inspire des soupçons?
Si la Nature aussi prend des teintes funèbres,
Et si j'ai de mon temps, le long de mes vertèbres,
      Senti courir tous les frissons?

Jouet depuis longtemps des vents et de la houle,
Mon bâtiment fait eau de toutes parts; il coule.
La foudre seule encore à ses signaux répond.
Le voyant en péril et loin de toute escale,
Au lieu de m'enfermer tremblante à fond de cale,
    J'ai voulu monter sur le pont.

A l'écart, mais debout, là, dans leur lit immense
J'ai contemplé le jeu des vagues en démence.
Puis, prévoyant bientôt le naufrage et la mort,
Au risque d'encourir l'anathème ou le blâme,
A deux mains j'ai saisi ce livre de mon âme,
    Et l'ai lancé par-dessus bord.

C'est mon trésor unique, amassé page à page.
A le laisser au fond d'une mer sans rivage
Disparaître avec moi je n'ai pu consentir.
En dépit du courant qui l'emporte ou l'entrave,
Qu'il se soutienne donc et surnage en épave,
    Sur ces flots qui vont m'engloutir.

Paris, 7 janvier 1874.

A LA COMÈTE DE 1861

Bel astre voyageur, hôte qui nous arrives
Des profondeurs du ciel et qu'on n'attendait pas,
Où vas-tu? Quel dessein pousse vers nous tes pas?
Toi qui vogues au large en cette mer sans rives,
Sur ta route, aussi loin que ton regard atteint,
N'as-tu vu comme ici que douleurs et misères?
Dans ces mondes épars, dis, avons-nous des frères?
T'ont-ils chargé pour nous de leur salut lointain?

Ah! quand tu reviendras, peut-être de la terre

L'homme aura disparu. Du fond de ce séjour

Si son œil ne doit pas contempler ton retour,

Si ce globe épuisé s'est éteint solitaire,

Dans l'espace infini poursuivant ton chemin,

Du moins jette au passage, astre errant et rapide,

Un regard de pitié sur le théâtre vide

De tant de maux soufferts et du labeur humain.

LES MALHEUREUX

La trompette a sonné. Des tombes entr'ouvertes
Les pâles habitants ont tout à coup frémi.
Ils se lèvent, laissant ces demeures désertes
Où dans l'ombre et la paix leur poussière a dormi.
Quelques morts cependant sont restés immobiles ;
Ils ont tout entendu, mais le divin clairon
Ni l'ange qui les presse, à ces derniers asiles
      Ne les arracheront.

            +

« Quoi ! renaître ! revoir le ciel et la lumière,
Ces témoins d'un malheur qui n'est point oublié,
Eux qui sur nos douleurs et sur notre misère
　　　　Ont souri sans pitié !

Non, non, plutôt la Nuit, la Nuit sombre, éternelle !
Fille du vieux Chaos, garde-nous sous ton aile ;
Et toi, sœur du Sommeil, toi qui nous as bercés,
Mort, ne nous livre pas ; contre ton sein fidèle
　　　　Tiens-nous bien embrassés.

Ah ! l'heure où tu parus est à jamais bénie ;
Sur notre front meurtri que ton baiser fut doux !
Quand tout nous rejetait, le néant et la vie,
Tes bras compatissants, ô notre unique amie !
　　　　Se sont ouverts pour nous.

Nous arrivions à toi, venant d'un long voyage,
Battus par tous les vents, haletants, harassés.

L'Espérance elle-même, au plus fort de l'orage,
    Nous avait délaissés.

Nous n'avions rencontré que désespoir et doute,
Perdus parmi les flots d'un monde indifférent.
Où d'autres s'arrêtaient enchantés sur la route,
    Nous errions en pleurant.

Près de nous la Jeunesse a passé les mains vides,
Sans nous avoir fêtés, sans nous avoir souri.
Les sources de l'amour sous nos lèvres avides
Comme une eau fugitive au printemps ont tari.
Dans nos sentiers brûlés pas une fleur ouverte.
Si, pour aider nos pas, quelque soutien chéri
Parfois s'offrait à nous sur la route déserte,
Lorsque nous les touchions, nos appuis se brisaient;
Tout devenait roseau quand nos cœurs s'y posaient.
Au gouffre que pour nous creusait la Destinée
Une invisible main nous poussait acharnée.
Comme un bourreau, craignant de nous voir échapper,

A nos côtés marchait le Malheur inflexible.

Nous portions une plaie à chaque endroit sensible,

Et l'aveugle Hasard savait où nous frapper.

Peut-être aurions-nous droit aux célestes délices;

Non, ce n'est point à nous de redouter l'enfer,

Car nos fautes n'ont pas mérité de supplices;

Si nous avons failli, nous avons tant souffert!

Eh bien! nous renonçons même à cette espérance

D'entrer dans ton royaume et de voir tes splendeurs;

Seigneur, nous refusons jusqu'à ta récompense,

Et nous ne voulons pas du prix de nos douleurs.

Nous le savons, tu peux donner encor des ailes

Aux âmes qui ployaient sous un fardeau trop lourd;

Tu peux, lorsqu'il te plaît, loin des sphères mortelles

Les élever à toi dans la Grâce et l'Amour;

Tu peux, parmi les chœurs qui chantent tes louanges,

A tes pieds, sous tes yeux, nous mettre au premier rang,

Nous faire couronner par la main de tes anges,

Nous revêtir de gloire en nous transfigurant.
Tu peux nous pénétrer d'une vigueur nouvelle,
Nous rendre le Désir que nous avions perdu...
Oui, mais le Souvenir, cette ronce immortelle,
Attachée à nos cœurs, l'en arracheras-tu?

Quand de tes chérubins la phalange sacrée
Nous salûrait élus en ouvrant les saints lieux,
Nous leur crîrions bientôt d'une voix éplorée :
Nous élus? nous heureux? mais regardez nos yeux!
Les pleurs y sont encor, pleurs amers, pleurs sans nombre.
Ah! quoi que vous fassiez, ce voile épais et sombre
     Nous obscurcit vos cieux.

Contre leur gré pourquoi ranimer nos poussières?
Que t'en reviendra-t-il? et que t'ont-elles fait?
Tes dons mêmes, après tant d'horribles misères,
     Ne sont plus un bienfait.

Ah! tu frappas trop fort en ta fureur cruelle.

4.

Tu l'entends, tu le vois, la Souffrance a vaincu.

Dans un sommeil sans fin, ô puissance éternelle !

Laisse-nous oublier que nous avons vécu. »

Nice, 1862.

L'AMOUR ET LA MORT

A M. Louis de Ronchaud.

I

Regardez-les passer, ces couples éphémères !
Dans les bras l'un de l'autre enlacés un moment,
Tous, avant de mêler à jamais leurs poussières,
    Font le même serment :

Toujours ! un mot hardi que les cieux qui vieillissent
Avec étonnement entendent prononcer,
Et qu'osent répéter des lèvres qui pâlissent,
    Et qui vont se glacer.

Vous qui vivrez si peu, pourquoi cette promesse
Qu'un élan d'espérance arrache à votre cœur,
Vain défi qu'au néant vous jetez, dans l'ivresse
    D'un instant de bonheur?

Amants, autour de vous une voix inflexible
Crie à tout ce qui naît : aime et meurs ici-bas.
La mort est implacable et le ciel insensible ;
    Vous n'échapperez pas.

Eh bien! puisqu'il le faut, sans trouble et sans murmure
Forts de ce même amour dont vous vous enivrez,
Et perdus dans le sein de l'immense Nature,
    Aimez donc et mourez!

II

Non, non, tout n'est pas dit, vers la beauté fragile
Quand un charme invincible emporte le désir,
Sous le feu d'un baiser quand notre pauvre argile
        A frémi de plaisir.

Notre serment sacré part d'une âme immortelle;
C'est elle qui s'émeut quand frissonne le corps;
Nous entendons sa voix et le bruit de son aile
        Jusque dans nos transports.

Nous le répétons donc ce mot qui fait d'envie
Pâlir au firmament les astres radieux,
Ce mot qui joint les cœurs et devient, dès la vie,
    Leur lien pour les cieux.

Dans le ravissement d'une éternelle étreinte
Ils passent entraînés, ces couples amoureux,
Et ne s'arrêtent pas pour jeter avec crainte
    Un regard autour d'eux.

Ils demeurent sereins quand tout s'écroule et tombe.
Leur espoir est leur joie et leur appui divin;
Ils ne trébuchent point, lorsque contre une tombe
    Leur pied heurte en chemin.

Toi-même, quand tes bois abritent leur délire,
Quand tu couvres de fleurs et d'ombre leurs sentiers,
Nature, toi leur mère, aurais-tu ce sourire
    S'ils mouraient tout entiers?

Sous le voile léger de la beauté mortelle
Trouver l'âme qu'on cherche et qui pour nous éclôt,
Le temps de l'entrevoir, de s'écrier : c'est Elle!

      Et la perdre aussitôt,

Et la perdre à jamais! cette seule pensée
Change en spectre à nos yeux l'image de l'Amour.
Quoi! ces vœux infinis, cette ardeur insensée

      Pour un être d'un jour!

Et toi, serais-tu donc à ce point sans entrailles,
Grand Dieu qui dois d'en haut tout entendre et tout voir,
Que tant d'adieux navrants et tant de funérailles

      Ne puissent t'émouvoir,

Qu'à cette tombe obscure où tu nous fais descendre
Tu dises : garde-les; leurs cris sont superflus;
Amèrement en vain l'on pleure sur leur cendre;

      Tu ne les rendras plus!

Mais non, Dieu qu'on dit bon, tu permets qu'on espère ;
Unir pour séparer, ce n'est point ton dessein.
Tout ce qui s'est aimé, fût-ce un jour, sur la terre
Va s'aimer dans ton sein.

III

Éternité de l'homme, illusion! chimère!
Mensonge de l'amour et de l'orgueil humain.
Il n'a point eu d'hier, ce fantôme éphémère,
    Il lui faut un demain!

Pour cet éclair de vie et pour cette étincelle
Qui brûle une minute en vos cœurs étonnés,
Vous oubliez soudain la fange maternelle
    Et vos destins bornés.

5

Vous échapperiez donc, ô rêveurs téméraires !
Seuls au pouvoir fatal qui détruit en créant?
Quittez un tel espoir ; tous les limons sont frères
    En face du néant.

Vous dites à la Nuit qui passe dans ses voiles :
J'aime et j'espère voir expirer tes flambeaux.
La Nuit ne répond rien, mais demain ses étoiles
    Luiront sur vos tombeaux.

Vous croyez que l'Amour dont l'âpre feu vous presse
A réservé pour vous sa flamme et ses rayons ;
La fleur que vous brisez soupire avec ivresse :
    Nous aussi nous aimons.

Heureux, vous aspirez la grande âme invisible
Qui remplit tout, les bois, les champs de ses ardeurs ;
La Nature sourit, mais elle est insensible ;
    Que lui font vos bonheurs?

Elle n'a qu'un désir, la marâtre immortelle,

C'est d'enfanter toujours, sans fin, sans trêve, encor.

Mère avide, elle a pris l'éternité pour elle,

    Et vous laisse la mort.

Toute sa prévoyance est pour ce qui va naître ;

Le reste est confondu dans un suprême oubli.

Vous, vous avez aimé, vous pouvez disparaître :

    Son vœu s'est accompli.

Quand un souffle d'amour traverse vos poitrines,

Sur des flots de bonheur vous tenant suspendus,

Aux pieds de la Beauté lorsque des mains divines

    Vous jettent éperdus,

Quand, pressant sur ce cœur qui va bientôt s'éteindre

Un autre objet souffrant, forme vaine ici–bas,

Il vous semble, mortels, que vous allez étreindre

    L'Infini dans vos bras,

Ces délires sacrés, ces désirs sans mesure
Déchaînés dans vos flancs comme d'ardents essaims,
Ces transports, c'est déjà l'Humanité future
    Qui s'agite en vos seins.

Elle se dissoudra, cette argile légère
Qu'ont émue un instant la joie et la douleur ;
Les vents vont disperser cette noble poussière
    Qui fut jadis un cœur.

Mais d'autres cœurs naîtront qui renoûront la trame
De vos espoirs brisés, de vos amours éteints,
Perpétuant vos pleurs, vos rêves, votre flamme
    Dans les âges lointains.

Tous les êtres, formant une chaîne éternelle,
Se passent, en courant, le flambeau de l'Amour.
Chacun rapidement prend la torche immortelle,
    Et la rend à son tour.

Aveuglés par l'éclat de sa lumière errante,
Vous jurez, dans la nuit où le sort vous plongea,
De la tenir toujours; à votre main mourante
    Elle échappe déjà.

Du moins vous aurez vu luire un éclair sublime;
Il aura sillonné votre vie un moment;
En tombant vous pourrez emporter dans l'abîme
    Votre éblouissement.

Et quand il régnerait au fond du ciel paisible
Un être sans pitié qui contemplât souffrir,
Si son œil éternel considère, impassible,
    Le naître et le mourir,

Sur le bord de la tombe, et sous ce regard même,
Qu'un mouvement d'amour soit encor votre adieu,
Oui, faites voir combien l'homme est grand lorsqu'il aime,
    Et pardonnez à Dieu!

LE POSITIVISME

Il s'ouvre par delà toute science humaine
Un vide dont la Foi fut prompte à s'emparer.
De cet abîme obscur elle a fait son domaine ;
En s'y précipitant elle a cru l'éclairer.
Eh bien, nous t'expulsons de tes divins royaumes,
Dominatrice ardente, et l'instant est venu :
Tu ne vas plus savoir où loger tes fantômes ;
     Nous fermons l'Inconnu.

Mais ton triomphateur expîra ta défaite.

L'homme déjà se trouble et, vainqueur éperdu,

Il se sent ruiné par sa propre conquête;

En te dépossédant nous avons tout perdu.

Nous restons sans espoir, sans recours, sans asile,

Tandis qu'obstinément le Désir qu'on exile

Revient errer autour du gouffre défendu.

LE NUAGE

A Alfred Holmes.

I change, but I cannot die.
(SHELLEY. *The Cloud.*)

Levez les yeux! c'est moi qui passe sur vos têtes,
Diaphane et léger, libre dans le ciel pur ;
L'aile ouverte, attendant le souffle des tempêtes,
 Je plonge et nage en plein azur.

Comme un mirage errant je flotte et je voyage.
Coloré par l'aurore et le soir tour à tour,
Miroir aérien, je reflète au passage
 Les sourires changeants du jour.

Le soleil me rencontre au bout de sa carrière
Couché sur l'horizon dont j'enflamme le bord;
Dans mes flancs transparents le roi de la lumière
　　　Lance en fuyant ses flèches d'or.

Quand la lune, écartant son cortége d'étoiles,
Jette un regard pensif sur le monde endormi,
Devant son front glacé je fais courir mes voiles,
　　　Ou je les soulève à demi.

On croirait voir au loin une flotte qui sombre,
Quand, d'un bond furieux fendant l'air ébranlé,
L'ouragan sur ma proue inaccessible et sombre
　　　S'assied comme un pilote ailé.

Dans les champs de l'éther je livre des batailles;
La ruine et la mort ne sont pour moi qu'un jeu.
Je me charge de grêle, et porte en mes entrailles
　　　La foudre et ses hydres de feu.

Sur le sol altéré je m'épanche en ondées.
La terre rit; je tiens sa vie entre mes mains.
C'est moi qui gonfle, au sein des plaines fécondées,
    L'épi qui nourrit les humains.

Où j'ai passé soudain tout verdit, tout pullule ;
Le sillon que j'enivre enfante avec ardeur.
Je suis onde et je cours, je suis sève et circule,
    Caché dans la source ou la fleur.

Un fleuve me recueille, il m'emporte et je coule
Comme une veine au cœur des continents profonds.
Sur les longs pays plats ma nappe se déroule,
    Ou s'engouffre à travers les monts.

Rien ne m'arrête plus; dans mon élan rapide
J'obéis au courant, par le désir poussé,
Et je vole à mon but comme un grand trait liquide
    Qu'un bras invisible a lancé.

Océan, ô mon père! ouvre ton sein, j'arrive!
Tes flots tumultueux m'ont déjà répondu.
Ils accourent; mon onde a reculé, craintive,
        Devant leur accueil éperdu.

En ton lit mugissant ton amour nous rassemble.
Autour des noirs écueils ou sur le sable fin
Nous allons, confondus, recommencer ensemble
        Nos fureurs et nos jeux sans fin.

Mais le soleil, baissant vers toi son œil splendide,
M'a découvert bientôt dans tes gouffres amers.
Son rayon tout-puissant baise mon front limpide;
        J'ai repris le chemin des airs!

Ainsi jamais d'arrêt. L'immortelle matière
Un seul instant encor n'a pu se reposer.
La Nature ne fait, patiente ouvrière,
        Que dissoudre et recomposer.

Tout se métamorphose entre ses mains actives;
Partout le mouvement incessant et divers,
Dans le cercle éternel des formes fugitives,
    Agitant l'immense univers.

PROMETHEE

A Daniel Stern

Ὁρᾶτε δεσμώτην με δύσποτμον θεὸν,
τὸν Διὸς ἐχθρὸν, ...
διὰ τὴν λίαν φιλότητα βροτῶν.
(ESCHYLE, *Prométhée.*)

Frappe encor, Jupiter, accable-moi, mutile
L'ennemi terrassé que tu sais impuissant;
Écraser n'est pas vaincre, et ta foudre inutile
    S'éteindra dans mon sang

Avant d'avoir dompté l'héroïque pensée
Qui fait du vieux Titan un révolté divin;

C'est elle qui te brave, et ta rage insensée
N'a cloué sur ces monts qu'un simulacre vain.
Tes coups n'auront porté que sur un peu d'argile;
Libre dans les liens de cette chair fragile,
L'âme de Prométhée échappe à ta fureur.
Sous l'ongle du vautour qui sans fin me dévore,
Un invincible amour fait palpiter encore
   Les lambeaux de mon cœur.

Si ces pics désolés que la tempête assiége
Ont vu couler parfois sur leur manteau de neige
Des larmes que mes yeux ne pouvaient retenir,
Vous le savez, rochers, immuables murailles,
Que d'horreur cependant je sentais tressaillir,
La source de mes pleurs était dans mes entrailles;
C'est la compassion qui les a fait jaillir.

Ce n'était point assez de mon propre martyre;
Ces flancs ouverts, ce sein qu'un bras divin déchire
Est rempli de pitié pour d'autres malheureux.

Je les vois engager une lutte éternelle ;
L'image horrible est là ; j'ai devant la prunelle
La vision des maux qui vont fondre sur eux.
Ce spectacle navrant m'obsède et m'exaspère,
Supplice intolérable et toujours renaissant !
Mon vrai, mon seul vautour, c'est la pensée amère
Que rien n'arrachera ces germes de misère
Que ta haine a semés dans leur chair et leur sang.

Pourtant, ô Jupiter ! l'homme est ta créature ;
C'est toi qui l'as conçu, c'est toi qui l'as formé,
Cet être déplorable, infirme, désarmé,
Pour qui tout est danger, épouvante, torture,
Qui, dans le cercle étroit de ses jours enfermé,
Étouffe et se débat, se blesse et se lamente.
Ah ! quand tu le jetas sur la terre inclémente,
Tu savais quels fléaux l'y devaient assaillir,
Qu'on lui disputerait sa place et sa pâture,
Qu'un souffle l'abattrait, que l'aveugle Nature
Dans son indifférence allait l'ensevelir.

Je l'ai trouvé blotti sous quelque roche humide,
Ou rampant dans les bois, spectre hâve et timide
Qui n'entendait partout que gronder et rugir,
Seul affamé, seul triste au grand banquet des êtres,
Du fond des eaux, du sein des profondeurs champêtres,
Tremblant toujours de voir un ennemi surgir.

Mais quoi! sur cet objet de ta haine immortelle,
Imprudent que j'étais! je me suis attendri;
J'allumai la pensée et jetai l'étincelle
Dans cet obscur limon dont tu l'avais pétri.
Il n'était qu'ébauché, j'achevai ton ouvrage.
Plein d'espoir et d'audace, en mes vastes desseins
J'aurais sans hésité mis les cieux au pillage,
Pour le doter après du fruit de mes larcins.
Je t'ai ravi le feu; de conquête en conquête
J'arrachais de tes mains ton sceptre révéré.
Grand Dieu! ta foudre à temps éclata sur ma tête;
Encore un attentat, l'homme était délivré!

La voici donc ma faute exécrable et sublime.

Compatir, quel forfait! se dévouer, quel crime!

Quoi! j'aurais, impuni, défiant tes rigueurs,

Ouvert aux opprimés mes bras libérateurs?

Insensé! m'être ému quand la pitié s'expie!

Pourtant c'est Prométhée, oui, c'est ce même impie

Qui naguère t'aidait à vaincre les Titans.

J'étais à tes côtés dans l'ardente mêlée;

Tandis que mes conseils guidaient les combattants,

Mes coups faisaient trembler la demeure étoilée.

Il s'agissait pour moi du sort de l'univers :

Je voulais en finir avec les dieux pervers.

Ton règne allait m'ouvrir cette ère pacifique

Que mon cœur transporté saluait de ses vœux.

En son cours éthéré le soleil magnifique

N'aurait plus éclairé que des êtres heureux.

La Terreur s'enfuyait en écartant les ombres

Qui voilaient ton sourire ineffable et clément,

Et le réseau d'airain des Nécessités sombres

Se brisait de lui-même aux pieds d'un maître aimant.

Tout était joie, amour, essor, efflorescence;
Lui-même Dieu n'était que le rayonnement
De la toute-bonté dans la toute-puissance.

O mes désirs trompés! O songe évanoui!
Des splendeurs d'un tel rêve encor l'œil ébloui,
Me retrouver devant l'iniquité céleste,
Devant un Dieu jaloux qui frappe et qui déteste,
Et dans mon désespoir me dire avec horreur :
Celui qui pouvait tout a voulu la douleur!

Mais ne t'abuse point; sur ce roc solitaire
Tu ne me verras pas succomber en entier.
Un esprit de révolte a transformé la terre,
Et j'ai dès aujourd'hui choisi mon héritier.
Il poursuivra mon œuvre en marchant sur ma trace,
Né qu'il est comme moi pour tenter et souffrir.
Aux humains affranchis je lègue mon audace,
Héritage sacré qui ne peut plus périr.
La raison s'affermit, le doute est prêt à naître.

Enhardis à ce point d'interroger leur maître,

Des mortels devant eux oseront te citer :

Pourquoi leurs maux? Pourquoi ton caprice et ta haine?

Oui, ton juge t'attend, — la conscience humaine ;

Elle ne peut t'absoudre et va te rejeter.

Le voilà ce vengeur promis à ma détresse!

Ah! quel souffle épuré d'amour et d'allégresse

En traversant le monde enivrera mon cœur

Le jour où, moins hardie encor que magnanime,

Au lieu de l'accuser, ton auguste victime

      Nîra son oppresseur !

Délivré de la Foi comme d'un mauvais rêve,

L'homme répudîra les tyrans immortels,

Et n'ira plus, en proie à des terreurs sans trêve,

Se courber lâchement au pied de tes autels.

Las de le trouver sourd, il croira le ciel vide.

Jetant sur toi son voile éternel et splendide,

La Nature déjà te cache à son regard ;

Il ne découvrira dans l'univers sans borne,

Pour tout Dieu désormais, qu'un couple aveugle et morne,

    La Force et le Hasard.

Montre-toi, Jupiter, éclate alors, fulmine

Contre ce fugitif à ton joug échappé.

Refusant dans ses maux de voir ta main divine,

Par un pouvoir fatal il se dira frappé.

Il tombera sans peur, sans plainte, sans prière ;

Et quand tu donnerais ton aigle et ton tonnerre

Pour l'entendre pousser, au fort de son tourment,

Un seul cri qui t'atteste, une injure, un blasphème,

Il restera muet ; ce silence suprême

    Sera ton châtiment.

Tu n'auras plus que moi dans ton immense empire

Pour croire encore en toi, funeste Déité.

Plutôt nier le jour ou l'air que je respire

Que ta puissance inique et que ta cruauté.

Perdu dans cet azur, sur ces hauteurs sublimes,

Ah! j'ai vu de trop près tes fureurs et tes crimes;

J'ai sous tes coups déjà trop souffert, trop saigné;

Le doute est impossible à mon cœur indigné.

Oui, tandis que du Mal, œuvre de ta colère,

Renonçant désormais à sonder le mystère,

L'esprit humain ailleurs portera son flambeau,

Seul je saurai le mot de cette énigme obscure,

Et j'aurai reconnu, pour comble de torture,

    Un Dieu dans mon bourreau.

Nice, 30 novembre 1865.

PAROLES D'UN AMANT

Au courant de l'amour lorsque je m'abandonne,
Dans le torrent divin quand je plonge enivré,
Et presse éperdument sur mon sein qui frissonne
Un être idolâtré,

Je sais que je n'étreins qu'une forme fragile,
Qu'elle peut à l'instant se glacer sous ma main,
Que ce cœur tout à moi, fait de flamme et d'argile,
Sera cendre demain,

6

Qu'il n'en sortira rien, rien, pas une étincelle
Qui s'élance et remonte à son foyer lointain ;
Un peu de terre en hâte, une pierre qu'on scelle,
Et tout est bien éteint.

Et l'on viendrait serein, à cette heure dernière,
Quand des restes humains le souffle a déserté,
Devant ces froids débris, devant cette poussière
Parler d'éternité !

L'éternité ! quelle est cette étrange menace ?
A l'amant qui gémit sous son deuil écrasé
Pourquoi jeter ce mot qui terrifie et glace
Un cœur déjà brisé ?

Quoi ! le ciel, en dépit de la fosse profonde,
S'ouvrirait à l'objet de mon amour jaloux ?
C'est assez d'un tombeau, je ne veux pas d'un monde
Se dressant entre nous.

On me répond en vain pour calmer mes alarmes :
L'être dont sans pitié la mort te sépara,
Ce ciel que tu maudis dans le trouble et les larmes,
    Le ciel te le rendra.

Me le rendre, grand Dieu! mais ceint d'une auréole,
Rempli d'autres pensers, brûlant d'une autre ardeur,
N'ayant plus rien en soi de cette chère idole
    Qui vivait sur mon cœur!

Ah! j'aime mieux cent fois que tout meure avec elle,
Ne pas la retrouver, ne jamais la revoir;
La douleur qui me navre est, certes, moins cruelle
    Que votre affreux espoir.

Tant que je sens encor, sous ma moindre caresse,
Un sein vivant frémir et battre à coups pressés,
Qu'au-dessus du néant un même flot d'ivresse
    Nous soulève enlacés,

Sans regret inutile et sans plaintes amères,
Par la réalité je me laisse ravir ;
Non, mon cœur ne s'est pas jeté sur des chimères ;
    Il sait où s'assouvir.

Qu'ai-je affaire vraiment de votre là-haut morne,
Moi qui ne suis qu'élan, que tendresse et transports ?
Mon ciel est ici-bas, grand ouvert et sans borne ;
    Je m'y lance, âme et corps.

Durer n'est rien. Nature, ô créatrice ! ô mère !
Quand sous ton œil divin un couple s'est uni,
Qu'importe à leur amour qu'il se sache éphémère,
    S'il se sent infini ?

C'est une volupté, mais terrible et sublime,
De jeter dans le vide un regard éperdu,
Et l'on s'étreint plus fort lorsque sur un abîme
    On se voit suspendu.

Quand la Mort serait là, quand l'attache invisible
Soudain se délîrait qui nous retient encor,
Et quand je sentirais dans une angoisse horrible
　　　M'échapper mon trésor,

Je ne faiblirais pas; fort de ma douleur même,
Tout entier à l'adieu qui va nous séparer,
J'aurais assez d'amour en cet instant suprême
　　　Pour ne rien espérer.

Nice, 17 mai 1867

LA NATURE A L'HOMME

Dans tout l'enivrement d'un orgueil sans mesure,
Ébloui des lueurs de ton esprit borné,
Homme, tu m'as crié : repose-toi, Nature;
    Ton œuvre est close : je suis né !

Quoi ! lorsqu'elle a l'espace et le temps devant elle,
Quand la matière est là sous son doigt créateur,
Elle s'arrêterait, l'ouvrière immortelle,
    Dans l'ivresse de son labeur ?

Et c'est toi qui serais mes limites dernières?
L'atome humain pourrait entraver mon essor?
C'est à cet abrégé de toutes les misères
    Qu'aurait tendu mon long effort?

Non, tu n'es pas mon but, non, tu n'es pas ma borne
A te franchir déjà je songe en te créant;
Je ne viens pas du fond de l'éternité morne
    Pour n'aboutir qu'à ton néant.

Ne me vois-tu donc pas, sans fatigue et sans trêve,
Remplir l'immensité des œuvres de mes mains,
Vers un terme inconnu, mon espoir et mon rêve,
    M'élancer par mille chemins,

Appeler, tour à tour patiente ou pressée,
Jusque dans mes écarts poursuivant mon dessein,
A la forme, à la vie et même à la pensée
    La matière éparse en mon sein?

J'aspire! c'est mon cri, fatal, irrésistible.
Pour créer l'univers je n'eus qu'à le jeter;
L'atome s'en émut dans sa sphère invisible,
    L'astre se mit à graviter.

L'éternel mouvement n'est que l'élan des choses
Vers l'Idéal sacré qu'entrevoit mon désir;
Dans le cours ascendant de mes métamorphoses
    Je le poursuis sans le saisir.

Je le demande aux cieux, à l'onde, à l'air fluide,
Aux éléments confus, aux soleils éclatants;
S'il m'échappe ou résiste à mon étreinte avide,
    Je le prendrai des mains du Temps.

Quand j'entasse à la fois naissances, funérailles,
Quand je crée ou détruis avec acharnement,
Que fais-je donc, sinon préparer mes entrailles
    Pour ce suprême enfantement?

Point d'arrêt à mes pas, point de trêve à ma tâche;
Toujours recommencer et toujours repartir.
Mais je n'engendre pas sans fin et sans relâche
    Pour le plaisir d'anéantir.

J'ai déjà trop longtemps fait œuvre de marâtre,
J'ai trop enseveli, j'ai trop exterminé,
Moi qui ne suis au fond que la mère idolâtre
    D'un seul enfant qui n'est pas né.

Quand donc pourrai-je enfin, émue et palpitante,
Après tant de travaux et tant d'essais ingrats,
A ce fils de mes vœux et de ma longue attente
    Ouvrir éperdument les bras?

De toute éternité, certitude sublime!
Il est conçu; mes flancs l'ont senti s'agiter.
L'amour qui couve en moi, l'amour que je comprime
    N'attend que Lui pour éclater.

Qu'Il apparaisse au jour et, nourrice en délire,
Je laisse dans mon sein ses regards pénétrer.
— Mais un voile te cache. — Eh bien ! je le déchire :
Me découvrir c'est me livrer.

Surprise dans ses jeux, la Force est asservie.
Il met les Lois au joug. A sa voix, à son gré,
Découvertes enfin, les sources de la Vie
Vont épancher leur flot sacré.

Dans son élan superbe Il t'échappe, ô Matière !
Fatalité ! sa main rompt tes anneaux d'airain,
Et je verrai planer dans sa propre lumière
Un être libre et souverain.

Où serez-vous alors, vous qui venez de naître,
Ou qui naîtrez encore, ô multitude, essaim !
Qui, saisis tout à coup du vertige de l'être,
Sortiez en foule de mon sein ?

Dans la mort, dans l'oubli. Sous leurs vagues obscures
Les âges vous auront confondus et roulés,
Ayant fait un berceau pour les races futures
    De vos limons accumulés.

Toi-même qui te crois la couronne et le faîte
Du monument divin qui n'est point achevé,
Homme, qui n'es au fond que l'ébauche imparfaite
    Du chef-d'œuvre que j'ai rêvé,

A ton tour, à ton heure il faut que tu périsses.
Ah ! ton orgueil a beau s'indigner et souffrir,
Tu ne seras jamais dans mes mains créatrices
    Que de l'argile à repétrir.

Nice, novembre 1867.

L'HOMME A LA NATURE

Eh bien! reprends-le donc ce peu de fange obscure
Qui pour quelques instants s'anima sous ta main;
Dans ton dédain superbe, implacable Nature,
    Brise à jamais le moule humain.

De ces tristes débris quand tu verrais, ravie,
D'autres créations éclore à grands essaims,
Ton Idée éclater en des formes de vie
    Plus dociles à tes desseins,

Est-ce à dire que Lui, ton espoir, ta chimère,
Parce qu'il fut rêvé, puisse un jour exister?
Tu crois avoir conçu, tu voudrais être mère;
    A l'œuvre! il s'agit d'enfanter.

Change en réalité ton attente sublime.
Mais quoi! pour les franchir, malgré tous tes élans,
La distance est trop grande et trop profond l'abîme
    Entre ta pensée et tes flancs.

La mort est le seul fruit qu'en tes crises futures
Il te sera donné d'atteindre et de cueillir;
Toujours nouveaux débris, toujours des créatures
    Que tu devras ensevelir.

Car sur ta route en vain l'âge à l'âge succède;
Les tombes, les berceaux ont beau s'accumuler,
L'Idéal qui te fuit, l'Idéal qui t'obsède
    A l'Infini pour reculer.

L'objet de ta poursuite éternelle et sans trêve

Demeure un but trompeur à ton vol impuissant,

Et, sous le nimbe ardent du désir et du rêve,

    N'est qu'un fantôme éblouissant.

Il resplendit de loin, mais reste inaccessible.

Prodigue de travaux, de luttes, de trépas,

Ta main me sacrifie à ce fils impossible ;

    Je meurs, et Lui ne naîtra pas.

Pourtant je suis ton fils aussi ; réel, vivace,

Je sortis de tes bras dès les siècles lointains ;

Je porte dans mon cœur, je porte sur ma face

    Le signe empreint des hauts destins.

Un avenir sans fin s'ouvrait; dans la carrière

Le Progrès sur ses pas me pressait d'avancer ;

Tu n'aurais même encor qu'à lever la barrière :

    Je suis là, prêt à m'élancer.

Je serais ton sillon ou ton foyer intense;
Tu peux selon ton gré m'ouvrir ou m'allumer.
Une unique étincelle, ô mère! une semence!
  Tout s'enflamme ou tout va germer.

Ne suis-je point encor seul à te trouver belle?
J'ai compté tes trésors, j'atteste ton pouvoir,
Et mon intelligence, ô Nature éternelle!
  T'a tendu ton premier miroir.

En retour je n'obtiens que dédain et qu'offense.
Oui, toujours au péril et dans les vains combats!
Éperdu sur ton sein, sans recours ni défense,
  Je m'exaspère et me débats.

Ah! si du moins ma force eût égalé ma rage,
Je l'aurais déchiré ce sein dur et muet;
Se rendant aux assauts de mon ardeur sauvage,
  Il m'aurait livré son secret.

C'en est fait, je succombe, et quand tu dis : j'aspire !
Je te réponds : je souffre ! infirme, ensanglanté ;
Et par tout ce qui naît, par tout ce qui respire
  Ce cri terrible est répété.

Oui, je souffre, et c'est toi, mère, qui m'extermines,
Tantôt frappant mes flancs, tantôt blessant mon cœur ;
Mon être tout entier, par toutes ses racines,
  Plonge sans fond dans la douleur.

J'offre sous le soleil un lugubre spectacle,
Ne naissant, ne vivant que pour agoniser.
L'abîme s'ouvre ici, là se dresse l'obstacle ;
  Ou m'engloutir ou me briser !

Mais, jusque sous le coup du désastre suprême,
Moi, l'homme, je t'accuse à la face des cieux.
Créatrice, en plein front reçois donc l'anathème
  De cet atome audacieux.

Sois maudite, ô marâtre ! en tes œuvres immenses,
Oui, maudite à ta source et dans tes éléments,
Pour tous tes abandons, tes oublis, tes démences,
    Aussi pour tes avortements.

Que la Force en ton sein s'épuise perte à perte,
Que la Matière, à bout de nerf et de ressort,
Reste sans mouvement, et se refuse, inerte,
    A te suivre dans ton essor.

Qu'envahissant les cieux, l'Immobilité morne
Sous un voile funèbre éteigne tout flambeau,
Puisque d'un univers magnifique et sans borne
    Tu n'as su faire qu'un tombeau.

Paris, février 1871.

LA GUERRE

A LA MÉMOIRE DE MON NEVEU

Le lieutenant Victor Fabrègue

Tué à Gravelotte

I

Du fer, du feu, du sang! C'est Elle! c'est la Guerre!
Debout, le bras levé, superbe en sa colère,
Animant le combat d'un geste souverain.
Aux éclats de sa voix s'ébranlent les armées;
Autour d'elle traçant des lignes enflammées,
Les canons ont ouvert leurs entrailles d'airain.

Partout chars, cavaliers, chevaux, masse mouvante !
En ce flux et reflux, sur cette mer vivante,
A son appel ardent l'Épouvante s'abat.
Sous sa main qui frémit, en ses desseins féroces,
Pour aider et fournir aux massacres atroces
Toute matière est arme, et tout homme soldat.

Puis, quand elle a repu ses yeux et ses oreilles
De spectacles navrants, de rumeurs sans pareilles,
Quand un peuple agonise en son tombeau couché,
Pâle sous ses lauriers, l'âme d'orgueil remplie,
Devant l'œuvre achevée et la tâche accomplie
Triomphante elle crie à la Mort : bien fauché !

Oui, bien fauché ! vraiment la récolte est superbe ;
Pas un sillon qui n'ait des cadavres pour gerbe.
Les plus beaux, les plus forts sont les premiers frappés.
Sur son sein dévasté qui saigne et qui frissonne
L'Humanité, semblable au champ que l'on moissonne,
Contemple avec douleur tous ces épis coupés.

Hélas ! au gré du vent et sous sa douce haleine
Ils ondulaient au loin, des coteaux à la plaine,
Sur la tige encor verte attendant leur saison.
Le soleil leur versait ses rayons magnifiques ;
Riches de leur trésor, sous les cieux pacifiques,
Ils auraient pu mûrir pour une autre moisson.

II

Si vivre c'est lutter, à l'humaine énergie
Pourquoi n'ouvrir jamais qu'une arène rougie?
Pour un prix moins sanglant que les morts que voilà
L'homme ne pourrait-il concourir et combattre?
Manque-t-il d'ennemis qu'il serait beau d'abattre?
Le malheureux! il cherche, et la Misère est là!

Qu'il lui crie : A nous deux ! et que sa main virile
S'acharne sans merci contre ce flanc stérile
Qu'il s'agit avant tout d'atteindre et de percer.
A leur tour, le front haut, l'Ignorance et le Vice,
L'un sur l'autre appuyé, l'attendent dans la lice ;
Qu'il y descende donc, et pour les terrasser.

A la lutte entraînez les nations entières.
Délivrance partout ! effaçant les frontières,
Unissez vos élans et tendez-vous la main.
Dans les rangs ennemis et vers un but unique,
Pour faire avec succès sa trouée héroïque,
Certes, ce n'est pas trop de tout l'effort humain.

L'heure semblait propice, et le penseur candide
Croyait, dans le lointain d'une aurore splendide,
Voir de la Paix déjà poindre le front tremblant.
On respirait. Soudain, la trompette à la bouche,
Guerre, tu reparais, plus âpre, plus farouche,
Écrasant le Progrès sous ton talon sanglant.

C'est à qui le premier, aveuglé de furie,
Se précipitera vers l'immense tuerie.
A mort! point de quartier! l'emporter ou périr!
Cet inconnu qui vient des champs ou de la forge
Est un frère; il fallait l'embrasser, on l'égorge.
Quoi! lever pour frapper des bras faits pour s'ouvrir!

Les hameaux, les cités s'écroulent dans les flammes.
Les pierres ont souffert, mais que dire des âmes?
Près des pères les fils gisent inanimés.
Le Deuil sombre est assis devant les foyers vides,
Car ces monceaux de morts inertes et livides
Étaient des cœurs aimants et des êtres aimés.

Affaiblis et ployant sous la tâche infinie,
Recommence, Travail! rallume-toi, Génie!
Le fruit de vos labeurs est broyé, dispersé.
Mais quoi! tous ces trésors ne formaient qu'un domaine :
C'était le bien commun de la famille humaine.
Se ruiner soi-même, ah! c'est être insensé!

Guerre, au seul souvenir des maux que tu déchaînes,
Fermente au fond des cœurs le vieux levain des haines;
Dans le limon laissé par tes flots ravageurs
Des germes sont semés de rancune et de rage,
Et le vaincu n'a plus, dévorant son outrage,
Qu'un désir, qu'un espoir : enfanter des vengeurs.

Ainsi le genre humain, à force de revanches,
Arbre découronné, verra mourir ses branches.
Adieu, printemps futurs! adieu, soleils nouveaux!
En ce tronc mutilé la sève est impossible.
Plus d'ombre, plus de fleurs, et ta hache inflexible,
Pour mieux frapper les fruits, a tranché les rameaux.

III

Non, ce n'est point à nous, penseur et chantre austère,
De nier les grandeurs de la mort volontaire.
D'un élan généreux il est beau d'y courir.
Philosophes, savants, explorateurs, apôtres,
Soldats de l'Idéal, ces héros sont les nôtres ;
Guerre, ils sauront sans toi trouver pour qui mourir.

Mais à ce fer brutal qui frappe et qui mutile,

Aux exploits destructeurs, au trépas inutile,

Ferme dans mon horreur, toujours je dirai : Non!

O vous que l'Art enivre ou quelque noble envie,

Qui, débordant d'amour, fleurissez pour la vie,

On ose vous jeter en pâture au canon!

Liberté, Droit, Justice, affaire de mitraille!

Pour un lambeau d'État, pour un pan de muraille,

Sans pitié, sans remords, un peuple est massacré.

— Mais il est innocent! — Qu'importe? On l'extermine.

Pourtant la vie humaine est de source divine;

N'y touchez pas; arrière! un homme, c'est sacré!

Sous des vapeurs de poudre et de sang quand les astres

Pâlissent indignés, parmi tant de désastres,

Moi-même à la fureur me laissant emporter,

Je ne distingue plus les bourreaux des victimes;

Mon âme se soulève, et devant de tels crimes

Je voudrais être foudre et pouvoir éclater.

Du moins, te poursuivant jusqu'en pleine victoire,
A travers tes lauriers, dans les bras de l'Histoire
Qui, séduite, pourrait t'absoudre et te sacrer,
O Guerre, Guerre impie, assassin qu'on encense,
Je resterai, navrée et dans mon impuissance,
Bouche pour te maudire et cœur pour t'exécrer.*

Paris, 8 février 1871.

DE LA LUMIÈRE!

Mehr Licht! Mehr Licht!
(Dernières paroles de Gœthe.)

Lorsque Gœthe éperdu criait : De la lumière !
Contre l'obscurité luttant avec effort,
Ah ! lui du moins déjà sentait sur sa paupière
    Peser le voile de la mort.

Nous, pour le proférer ce même cri terrible,
Nous avons devancé les affres du trépas,
Notre œil perçoit encore, oui, mais, supplice horrible !
    C'est notre esprit qui ne voit pas.

Il tâtonne au hasard depuis des jours sans nombre,

A chaque pas qu'il fait forcé de s'arrêter ;

Et bien loin de percer cet épais réseau d'ombre,

    Il peut à peine l'écarter.

Parfois son désespoir confine à la démence.

Il s'agite, il s'égare au sein de l'Inconnu,

Tout prêt à se jeter, dans son angoisse immense,

    Sur le premier flambeau venu.

La Foi lui tend le sien en lui disant : J'éclaire !

Tu trouveras en moi la fin de tes tourments.

Mais lui, la repoussant du geste avec colère,

    A déjà répondu : Tu mens !

Ton prétendu flambeau n'a jamais sur la terre

Apporté qu'un surcroît d'ombre et de cécité.

Mais réponds-nous d'abord : Est-ce avec ton mystère

    Que tu feras de la clarté?

La Science à son tour s'avance et nous appelle.
Ce ne sont entre nous que veilles et labeurs.
Eh bien! tous nos efforts à sa torche immortelle
        N'ont arraché que des lueurs.

Sans doute elle a rendu nos ombres moins funèbres.
Un peu de jour s'est fait où ses rayons portaient;
Mais son pouvoir ne va qu'à chasser des ténèbres
        Les fantômes qui les hantaient.

Et l'homme est là, devant une obscurité vide,
Sans guide désormais, et tout au désespoir
De n'avoir pu forcer, en sa poursuite avide,
        L'Invisible à se laisser voir.

Rien ne le guérira du mal qui le possède;
Dans son âme et son sang il est enraciné,
Et le rêve divin de la lumière obsède
        A jamais cet aveugle-né.

Qu'on ne lui parle pas de quitter sa torture.

S'il en souffre, il en vit; c'est là son élément,

Et vous n'obtiendrez pas de cette créature

Qu'elle renonce à son tourment.

De la lumière donc! bien que ce mot n'exprime

Qu'un désir sans espoir, qui va s'exaspérant.

A force d'être en vain poussé, ce cri sublime

Devient de plus en plus navrant.

Et quand il s'éteindra, le vieux soleil lui-même

Frissonnera d'horreur dans son obscurité,

En l'entendant sortir, comme un adieu suprême,

Des lèvres de l'Humanité.

PASCAL

A M. Ernest Havet

I

LE SPHINX

Lorsque Pascal, rempli de puissance et d'audace,
Jusque devant le Sphinx par sa fougue entraîné,
S'écriait, lui jetant sa réponse à la face :
    Il est vaincu, j'ai deviné !

Il le voyait déjà, son horrible adversaire,
Couché dans la poussière, au moment d'expirer.
En effet, du rocher dont il faisait son aire

Le monstre vint tomber aux pieds du téméraire,
    Mais c'était pour le dévorer.

Au tour du Sphinx alors de manquer sa victime.

Dans ce pâle chrétien qu'il broyait sous sa dent

Il trouvait un athlète héroïque, sublime,

Et qui le menaçait tout en se défendant.

Au lieu de reculer, regardez! il assaille.

En vain son sang jaillit, en vain sa chair tressaille,

Dans leur extrême effort ses membres sont roidis.

Par sa témérité sa fureur se décèle ;

Le danger l'exaspère, et c'est quand il chancelle

Qu'il porte à l'ennemi ses coups les plus hardis.

Quels assauts! quels élans! jamais lutte pareille

Ne s'était engagée à la clarté des cieux.

Nous les avons toujours dans l'âme et dans l'oreille,

Ces cris et ces défis du jeune audacieux :

N'était-il pas vainqueur ? à l'instant, ici-même

N'a-t-il point prononcé la parole suprême,

Et résolu d'un mot l'énigme d'ici-bas ?

Un tel aveuglement nous trouble et nous étonne.

Non, non, pauvre Pascal, tu n'as vaincu personne ;

Ta réponse est absurde, et le Sphinx n'en veut pas.

Impassible et muet, que tu frappes ou railles,

Il le garde enfoui dans ses mornes entrailles,

Ce terrible secret que tu crus pénétrer,

Et pour le lui ravir il faudrait l'éventrer.

L'éventrer ! cet espoir saisit ton âme ardente.

Mais ne sais-tu donc pas, créature imprudente,

Que le monstre éternel est comme un roc épais ?

C'est plutôt du granit que de la chair vivante.

Ce corps invulnérable, à ta grande épouvante,

Te renvoyait tes coups lorsque tu le frappais.

Il faut te voir alors redoubler de courage ;

Inutiles et vains, tes efforts sont navrants ;

Même à certains moments l'impuissance et la rage

T'arrachent malgré toi des accents déchirants.

Des spasmes convulsifs tordent tes lèvres pâles ;

La voix va te manquer ; à bout de cris, tu râles.

Un autre eût succombé, toi, tu résisteras.

Mais si tu sors vivant d'une étreinte brutale,

C'est que tu sus à temps, dans la lutte inégale,

Appeler tout ton cœur au secours de ton bras.

Ton cœur, lui seul, Pascal, en ce péril extrême,

Prête à ce même bras la force et le ressort,

Et, lorsque l'instant vint, décisif et suprême,

Il changea tout à coup ton angoisse en essor.

Bien plus, il t'apportait un renfort invincible,

L'Amour qui peut tout croire et veut tout affirmer.

Appuyé désormais sur ton dogme inflexible,

Tu verrais sans trembler l'univers s'abîmer.

Qu'importe qu'en toi l'homme ait ses moments de transe ?

Le chrétien jusqu'au bout demeure inébranlé.

Parfois le Sphinx, outré d'une telle assurance,

Tentait de t'arracher un rêve, une espérance,

Tu ne lâchas point prise, et l'animal ailé

De ses ongles en vain labourait ta poitrine ;

Tu regardais couler ton sang avec transport,

Dans tes bras déchirés pressant la Foi divine,

Et tu livrais tes flancs pour sauver ton trésor.

II

LA CROIX

Au retour du combat, tout couvert de morsures,
Et songeant au danger qu'il venait de courir,
Quand le lutteur comptait ou sondait ses blessures,
Et qu'il se demandait s'il n'allait pas mourir,
Il lui semblait alors, vers la hauteur céleste
S'il venait à lever son regard attristé,
Qu'aussitôt tant de trouble et de langueur funeste
Se changeait en espoir, en ivresse, en clarté.

8

Comme un point lumineux qu'en vain le brouillard voile,

Pascal, dans le lointain, sous un ciel sans étoile,

Tu t'imaginais voir un phare ensanglanté,

La Croix! Elle élevait de loin ses bras funèbres

Où, livide, pendait ton Dieu même immolé;

Pour l'avoir aperçue à travers les ténèbres,

Tu te dis éclairé, tu n'étais qu'aveuglé.

En proie aux visions d'une peur insensée,

Tu t'élances vers Elle, implorant ton salut;

Gloire, plaisirs, travaux, ta vie et ta pensée,

Tu jettes tout au pied d'un gibet vermoulu.

Nous te surprenons là, spectacle qui nous navre,

Te consumant d'amour dans les bras d'un cadavre,

Et croyant sur son sein trouver ta guérison.

Mais tu n'étreins, hélas! qu'une forme insensible,

Et bien loin d'obtenir un miracle impossible,

Dans cet embrassement tu laissas ta raison.

La Croix a triomphé; ta défaite est complète;

Oui, te voilà vaincu, subjugué, prosterné.

Au lieu comme autrefois d'un héroïque athlète,

Nous n'avons sous les yeux qu'un pauvre halluciné.

Comment? tant de faiblesse après tant de vaillance !

Puisqu'entre ces trépas tu pouvais faire un choix,

N'eût-il pas mieux valu périr sans défaillance,

Dévoré par le Sphinx qu'écrasé sous la Croix?

III

L'INCONNUE

Le dernier acte est clos, l'éternel rideau tombe.
C'est un héros réel qui sous nos yeux succombe.
Rien n'est fictif ici; le théâtre est vivant;
L'ardente passion l'anime et le décore.
Spectateurs éloignés, nous ne pouvons encore
Détacher nos regards de ce drame émouvant.
Eh bien! qui le croirait? cette même existence
Qui jusqu'à la démence exalta le tourment,

Loin d'elle rejetant cilice et pénitence,

A pris sur ses douleurs un court enchantement.

Elle eut sa fleur aussi; c'était un lis candide

Qui tendait aux rayons naissants du jour splendide,

Comme une blanche coupe, un pur calice ouvert;

L'Aurore lui prêtait son charme et son prestige,

Et lui ne demandait qu'à balancer sa tige,

Et verser ses parfums sur le vallon désert.

Oui, l'amour a fleuri dans cette vie austère,

L'amour humain, Pascal; ton cœur a touché terre.

Toi qu'appelait d'en haut la voix du Dieu jaloux,

Comment? te voilà pris au piége d'un sourire,

Et devant la Beauté qui t'engage et t'attire,

Comme un simple mortel, tu tombes à genoux.

Quelle était cette femme assez noble, assez belle,

Pour soumettre à son joug ce cœur fier et rebelle?

Les hommes ici-bas jamais ne le sauront.

L'image fugitive à peine se dessine;

C'est un fantôme, une ombre, et la forme divine,

En passant devant nous, garde son voile au front.

Autour d'elle ce n'est que silence et mystère;

Son amant le premier se résigne à se taire,

Et peut-être fut-elle aimée à son insu.

Quoi ! séduire un Pascal et n'en avoir rien su !

Si, si, tu le savais. L'Amour a son langage.

Oh ! comme on l'entend vite et sans l'avoir appris !

Tout parle, le regard, les teintes du visage...

Hélas ! n'aurais-tu pas plutôt trop bien compris?

Nous te soupçonnons d'être une âme tendre et douce,

Craignant tout choc soudain et prompte à se troubler.

Ton amant, prodiguant l'éclair et la secousse,

N'a pu que t'éblouir sans doute et t'ébranler.

Il nous semble ici voir vers un mont qui surplombe,

Au-dessus de l'abîme emportant sa colombe,

Un grand aigle éperdu s'élever dans les cieux.

Le cher et faible oiseau tremble et ferme les yeux.

Elle ne savait pas, cette serre puissante,

Qu'en l'enlevant si haut elle allait le meurtrir.

Triste et chaste Inconnue, ô colombe innocente !

Combien ton aigle a dû te faire aussi souffrir !

Il est des cœurs de feu, foyers d'ardeur intense :

Pour s'embraser soi-même il suffit d'y toucher.

Résistez à l'attrait, tenez-vous à distance,

Car c'est vouloir périr que de s'en approcher.

Si par un soir d'été la phalène imprudente

Voit dans l'obscurité luire une lampe ardente,

Affolée, elle court vers l'éclatant flambeau ;

Mais qu'elle effleure au vol la flamme de son aile,

Son trépas est certain ; hélas ! c'en est fait d'elle ;

Elle meurt consumée en ce brûlant tombeau.

Ton cœur eut donc son jour d'éclaircie et de trève,

Pascal, puis, effrayé, ton pauvre amour en sort,

Se croyant un péché, lui qui n'était qu'un rêve.

Mais voici le réveil ; au combat ! à l'essor !

Fi des bas-fonds humains ! que le ciel seul te tente !

Là du moins tu pourrras aimer sans t'avilir,

Et s'il est dans ton cœur une place d'attente,

Trouver l'unique objet digne de le remplir.

D'un élan plus fougueux sur ta noble victime

Tu reviens à l'assaut, âpre et tenace Foi !

Plus d'espoir, l'amant cède et le savant s'abîme ;

Car c'est s'anéantir que de se rendre à toi.

Dans ton avidité, désastreuse, infinie,

Tu ne lui laissas rien qu'une croix et la mort ;

Oui, tu lui ravis tout, et trésor à trésor ;

Après son chaste amour, tu lui pris son génie.

Sacrifice complet ! Jamais être mortel

N'avait encor livré tant de dons à ta flamme.

Ton rayon devint foudre en tombant sur cette âme ;

Il a tout dévoré, l'holocauste et l'autel !

IV

DERNIER MOT

Un dernier mot! Pascal ; à ton tour de m'entendre
Pousser aussi ma plainte et mon cri de fureur.
Je vais faire d'horreur frémir ta noble cendre,
Mais du moins j'aurai dit ce que j'ai sur le cœur.

A plaisir sous nos yeux lorsque ta main déroule
Le tableau désolant des humaines douleurs,
Nous montrant qu'en ce monde où tout s'effondre et croule
L'homme lui-même n'est qu'une ruine en pleurs,

Ou lorsque, nous traînant de sommets en abîmes,

Entre deux infinis tu nous tiens suspendus,

Que ta voix, pénétrant en leurs fibres intimes,

Frappe à cris redoublés sur nos cœurs éperdus,

Tu crois que tu n'as plus dans ton ardeur fébrile,

Tant déjà tu nous crois ébranlés, abêtis,

Qu'à dévoiler la Foi, monstrueuse et stérile,

Pour nous voir sur son sein tomber anéantis.

A quoi bon le nier? dans tes sombres peintures,

Oui, tout est vrai, Pascal ; nous le reconnaissons :

Voilà nos désespoirs, nos doutes, nos tortures,

Et devant l'Infini ce sont là nos frissons.

Mais parce qu'ici-bas par des maux incurables,

Jusqu'en nos profondeurs, nous nous sentons atteints,

Et que nous succombons, faibles et misérables,

Sous le poids accablant d'effroyables destins,

Il ne nous resterait, dans l'angoisse où nous sommes,

Qu'à courir embrasser cette Croix que tu tiens?

Ah! nous ne pouvons point nous défendre d'être hommes,

Mais nous nous refusons à devenir chrétiens.

Quand de son Golgotha, saignant sous l'auréole,

Ton Christ viendrait à nous, tendant ses bras sacrés,

Et quand il laisserait sa divine parole

Tomber pour les guérir en nos cœurs ulcérés;

Quand il ferait jaillir devant notre âme avide

Des sources d'espérance et des flots de clarté,

Et qu'il nous montrerait dans son beau ciel splendide

Nos trônes préparés de toute éternité,

Nous nous détournerions du Tentateur céleste,

Qui nous offre son sang, mais veut notre raison.

Pour repousser l'échange inégal et funeste

Notre bouche jamais n'aurait assez de Non.

Non à la Croix sinistre et qui fit de son ombre

Une nuit où faillit périr l'esprit humain,

Qui, devant le Progrès se dressant haute et sombre,

Au vrai libérateur a barré le chemin;

Non à cet instrument d'un infâme supplice

Où nous voyons, auprès du divin Innocent,

Et sous les mêmes coups, expirer la Justice;

Non à notre salut s'il a coûté du sang.

Puisque l'Amour ne peut nous dérober ce crime,
Tout en l'enveloppant d'un voile séducteur,
Malgré son dévoûment, Non, même à la Victime,
Et Non par-dessus tout au Sacrificateur!
Qu'importe qu'il soit Dieu si son œuvre est impie?
Quoi! c'est son propre fils qu'il a crucifié?
Il pouvait pardonner, mais il veut qu'on expie;
Il immole, et cela s'appelle avoir pitié!

Pascal, à ce bourreau, toi, tu disais : mon Père,
Son odieux forfait ne t'a point révolté;
Bien plus, tu l'adorais sous le nom de mystère, ·
Tant le problème humain t'avait épouvanté.
Lorsque tu te courbais sous la Croix qui t'accable,
Tu ne voulais, hélas! qu'endormir ton tourment,
Et ce que tu cherchais dans un dogme implacable,
Plus que la vérité, c'était l'apaisement,
Car ta Foi n'était pas la Certitude encore;
Aurais-tu tant gémi si tu n'avais douté?
Pour avoir reculé devant ce mot : J'ignore,

Dans quel gouffre d'erreurs t'es-tu précipité !

Nous, nous restons au bord. Aucune perspective,

Soit Enfer, soit Néant, ne fait pâlir nos fronts ;

Et s'il faut accepter ta sombre alternative,

Croire ou désespérer, nous désespérerons.

Aussi bien, jamais heure à ce point triste et morne

Sous le soleil des cieux n'avait encor sonné ;

Jamais l'homme, au milieu de l'univers sans borne,

Ne s'est senti plus seul ni plus abandonné.

Déjà son désespoir se transforme en furie ;

Il se traîne au combat sur ses genoux sanglants,

Et se sachant voué d'avance à la tûrie,

Pour s'achever plus vite ouvre ses propres flancs.

Aux applaudissements de la plèbe romaine

Quand le cirque jadis se remplissait de sang,

Au-dessus des horreurs de la douleur humaine,

Le regard découvrait un César tout-puissant.

Il était là, trônant dans sa grandeur sereine,

Tout entier au plaisir de regarder souffrir,

Et le gladiateur, en marchant vers l'arène,

Savait qui saluer quand il allait mourir.

Nous, qui salûrons-nous? à nos luttes brutales

Qui donc préside, armé d'un sinistre pouvoir?

Ah! seules, si des Lois aveugles et fatales

Au carnage éternel nous livraient sans nous voir,

D'un geste résigné nous salûrions nos reines.

Enfermé dans un cirque impossible à franchir,

L'on pourrait néanmoins devant ces souveraines,

Tout roseau que l'on est, s'incliner sans fléchir.

Oui, mais si c'est un Dieu, maître et tyran suprême,

Qui nous contemple ainsi nous entre-déchirer,

Ce n'est plus un salut, non, c'est un anathème

Que nous lui lancerons avant que d'expirer.

Comment? ne disposer de la Force infinie

Que pour se procurer des spectacles navrants,

Imposer le massacre, infliger l'agonie,

Ne vouloir sous ses yeux que morts et que mourants!

Devant ce spectateur de nos douleurs extrêmes

Notre indignation vaincra toute terreur.

Nous entrecouperons nos râles de blasphèmes,

Non sans désir secret d'exciter sa fureur.

Qui sait? nous trouverons peut-être quelque injure

Qui l'irrite à ce point que, d'un bras forcené,

Il arrache des cieux notre planète obscure,

Et brise en mille éclats ce globe infortuné.

Notre audace du moins vous sauverait de naître,

Vous qui dormez encore au fond de l'avenir,

Et nous triompherions d'avoir, en cessant d'être,

Avec l'Humanité forcé Dieu d'en finir.

Oh! quel immense joie après tant de souffrance!

A travers les débris, par-dessus les charniers,

Pouvoir enfin jeter ce cri de délivrance :

Plus d'hommes sous le ciel, nous sommes les derniers!

Nice, 1871.

LE CRI

Lorsque le passager, sur un vaisseau qui sombre,
Entend autour de lui les vagues retentir,
Qu'à perte de regard la mer immense et sombre
    Se soulève pour l'engloutir,

Sans espoir de salut et quand le pont s'entr'ouvre,
Parmi les mâts brisés, terrifié, meurtri,
Il redresse son front hors du flot qui le couvre,
    Et pousse au large un dernier cri.

Cri vain! cri déchirant! l'oiseau qui plane ou passe,
Au delà du nuage, a frissonné d'horreur,
Et les vents déchaînés hésitent dans l'espace
    A l'étouffer sous leur clameur.

Comme ce voyageur, en des mers inconnues
J'erre et vais disparaître au sein des flots hurlants ;
Le gouffre est à mes pieds, sur ma tête les nues
    S'amoncellent, la foudre aux flancs.

Les ondes et les cieux autour de leur victime
Luttent d'acharnement, de bruit, d'obscurité ;
En proie à ces conflits, mon vaisseau sur l'abîme
    Court sans boussole et démâté.

Mais ce sont d'autres flots, c'est un bien autre orage
Qui livre des combats dans les airs ténébreux ;
La mer est plus profonde, et surtout le naufrage
    Plus complet et plus désastreux.

Jouet de l'ouragan qui l'emporte et le mène,
Encombré de trésors et d'agrès submergés,
Ce navire perdu, mais c'est la nef humaine,
    Et nous sommes les naufragés.

L'équipage affolé manœuvre en vain dans l'ombre ;
L'Épouvante est à bord, le Désespoir, le Deuil ;
Assise au gouvernail, la Fatalité sombre
    Le dirige vers un écueil.

Moi que sans mon aveu l'aveugle Destinée
Embarqua sur l'étrange et frêle bâtiment,
Je ne veux pas non plus, muette et résignée,
    Subir mon engloutissement.

Puisque, dans la stupeur des détresses suprêmes,
Mes pâles compagnons restent silencieux,
A ma voix d'enlever ces monceaux d'anathèmes
    Qui s'amassent contre les cieux.

Afin qu'elle éclatât d'un jet plus énergique,

J'ai, dans ma résistance à l'assaut des flots noirs,

De tous les cœurs en moi, comme en un centre unique,

    Rassemblé tous les désespoirs.

Qu'ils vibrent donc si fort, mes accents intrépides,

Que ces mêmes cieux sourds en tressaillent surpris;

Les airs n'ont pas besoin, ni les vagues stupides,

    Pour frissonner d'avoir compris.

Ah! c'est un cri sacré que tout cri d'agonie;

Il proteste, il accuse au moment d'expirer.

Eh bien! ce cri d'angoisse et d'horreur infinie

    Je l'ai jeté; je puis sombrer!

        Paris, 21 mars 1871.

TABLE DES MATIÈRES

PREMIÈRES POÉSIES.

POÉSIES PHILOSOPHIQUES.

Imprimé

PAR J. CLAYE

POUR

ALPH. LEMERRE, LIBRAIRE

A PARIS.